Domenico Di Cesare
Riccardo, Alessandro e Luna Grifoni, Lisa Di Cesare

Folletti nell'Astuccio

RusconiLibri

Folletti nell'astuccio
raccolta di fiabe a cura di Domenico Di Cesare
autori: Domenico Di Cesare, Riccardo Grifoni, Luna Grifoni,
Alessandro Grifoni, Lisa di Cesare
illustrazioni ed impaginazione di Giordano Piselli

Santarcangelo di Romagna (RN)

Finito di stampare nel mese di aprile 2011
presso L.E.G.O., Lavis (TN)

IL GIORNO E IL BUIO

IL GIORNO É SPLENDENTE
MENTRE IL BUIO E COME IL
SILENZIO TRANQUILLO

IL GIORNO UN SORRISO,
IL BUIO LA TRISTEZZA

IL GIORNO É PIENO DI
ATTIVITÁ
IL BUIO É COME IL RIPOSO.

FINE
01/06/08

versi di Riccardo Grifoni
8 anni

FOLLETTI NELL'ASTUCCIO

Indice

Ogni bimbo
è un dono.

Per te madre.

Ai miei amati nipoti:
Romina, Antonella,
Simone, Sara, Riccardo,
Alessandro, Lisa, Luna,
Emanuele, Aurora.

Nota dell'autore

Queste fiabe nascono dalla fantasia dei bambini che sono menzionati come coautori.

La pubblicazione in oggetto vede la luce molti anni dopo che sono nate le fiabe, come ad esempio *Folletti nell'Astuccio*, scritta quando il suo ideatore, Riccardo, aveva solo 7 anni.

Ora Riccardo di anni ne ha 11, Alessandro e Lisa 9, Luna 8.

La fiaba *Schioma*, creata con tutti e quattro i bimbi, è stata la prima che abbiamo scritto.

Ho pubblicato diversi testi di narrativa e saggistica, ma è grazie a questi miei 'amici del cuore', che riesco a tornare bambino e a immergermi nel loro mondo.

La fiaba *Regina* è dedicata a Regina Dos Santos che, raccontandomi il suo vissuto in Brasile, ha ispirato questa storia. Spero di non averla delusa e di esser riuscito a esprimere l'amore, la tolleranza e il rispetto che ogni bambino merita, a prescindere dal luogo dove vive o dal colore della sua pelle perché, per me, ogni bambino È!

Domenico Di Cesare

Folletti nell'astuccio

Primo classificato al concorso "Parole in corsa" - Roma, 2008

Autore: Riccardo Grifoni

FOLLETTI NELL'ASTUCCIO

Prefazione

"C'era una volta..."

Deve per forza cominciare così una favola, soprattutto se nata dal genio di un bimbo di appena sette anni.

È iniziato tutto con la storia di un personaggio di nome Matita. Da lì, confrontando le nostre idee e con un po' di fantasia, abbiamo costruito un mondo speciale.

La fine sarà... "*E vissero felici e contenti*", così ha suggerito il mio piccolo amico Riccardo.

Domenico Di Cesare

C'era una volta un castello chiamato Astuccio, abitato da strani personaggi: dei veri e propri folletti.

Vivevano nel castello il re Penna e sua moglie Scolorina.

Il re e la regina avevano due figli gemelli: Pennarello e Matita.

Il re Penna era famoso per la sua malvagità e per la forza del suo esercito di colori a spirito, comandato dai generali Grigio e **Marrone**.

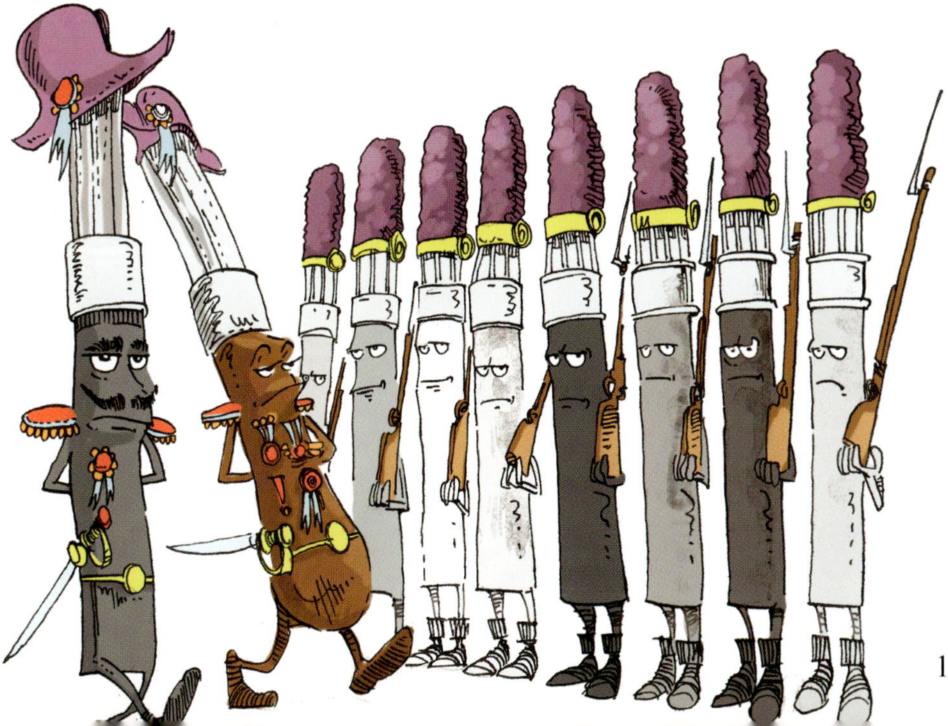

Il re doveva dare un seguito al suo regno e aveva deciso che un giorno, a prendere il comando del castello, sarebbe stato Pennarello.

Tutti gli abitanti dell'Astuccio però avrebbero preferito Matita, perché era molto più buono del fratello e si mescolava con il popolo di colori, sentendosi uno di loro.

Anche la regina Scolorina preferiva la simpatia di Matita, ma non poteva fare nulla contro il volere del re.

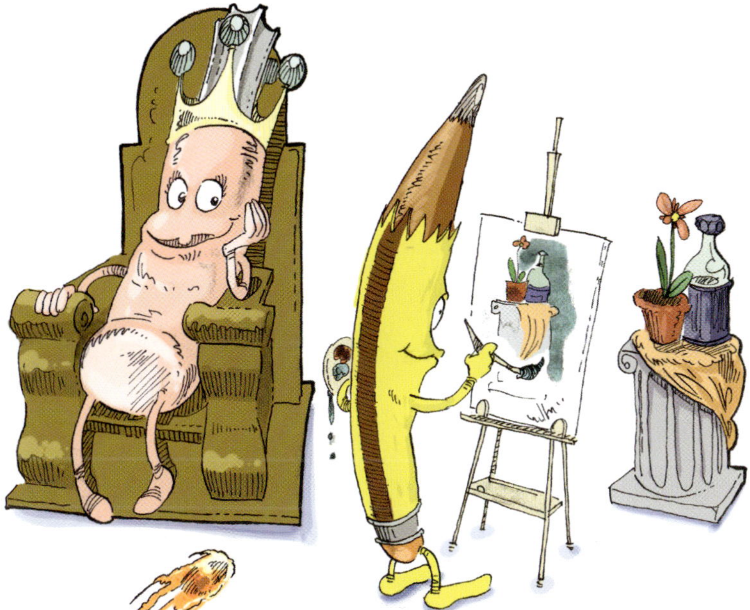

Pennarello era un terribile guerriero e spesso si univa all'esercito guidato dai due generali Grigio e Marrone, alla conquista di Astucci più piccoli e di colori indifesi.

Con il trascorrere degli anni Pennarello divenne sempre più cattivo e per dimostrare al re il suo valore ferì molti colori a tempera, a cera e pastello.

Pennarello odiava i colori della sua età e li trattava come schiavi. Per lui esisteva solo Grigio e i suoi Guerrieri: Cenere, Tortora, Fumo, Piombo, Ferro, Pulce, Grigio Topo e Marrone.

Matita non amava combattere e il pomeriggio, dopo aver fatto i compiti, si recava nella grande piazza dell'Astuccio a giocare con Temperino, Bianchetto e la sua amica del cuore Gomma, una gran pasticciona, che tutti chiamavano GommaMolla.

Re Penna aveva fatto costruire intorno al castello un grande fossato e lo aveva fatto riempire di ~~aqua~~ acqua.

L'unico modo per entrare nell'Astuccio era quello di attraversare il ponte Righello.

La notte, il Righello veniva sollevato e, grazie al ponte levatoio, l'Astuccio era inattaccabile.

Un giorno, mentre i generali e Pennarello cavalcavano su grandi praterie di fogli a righe, il Castello fu attaccato.

Bombe di colori scavalcarono le mura a quadretti, cadendo nell'Astuccio.

Era l'esercito del terribile **brigante Rosso** e dei suoi seguaci **Vermiglio**, **Porpora**, **Cremisi**, **Amaranto**, **Corallo**, **Ciclamino**, **Mattone** e **Ruggine**, famosi in tutti gli Zaini del mondo, perché spietati.

Rosso, dopo una dura battaglia conquistò l'Astuccio, facendo prigionieri tutti i colori che ci abitavano.

Gli unici che riuscirono a salvarsi furono Matita e i suoi amici Temperino, Bianchetto e GommaMolla, che si erano nascosti tra le pagine di un diario segreto.

Il brigante Rosso alzò il righello levatoio e quando Pennarello, con Grigio e Marrone, tornò nell'Astuccio, fu costretto ad arrendersi davanti alla minaccia di togliere l'inchiostro al re Penna.

Rosso regnava da una settimana nell'Astuccio, quando Matita escogitò un piano per liberare i suoi amici colori.

Con lui gli immancabili Temperino, Bianchetto e GommaMolla, di notte entrarono nelle prigioni. Mentre Temperino appuntiva i colori Pastello del suo popolo, Matita entrò nei libri nascosti nello Zaino del brigante Rosso e sorprese nel sonno i farabutti, togliendo il tappo a Porpora, a Cremisi e a tutti gli altri colori a spirito nemici.

Intanto Colla, Bianchetto e GommaMolla appiccicarono tutti i colori invasori di guardia all'Astuccio.

Al mattino Matita si mise in piedi sul foglio bianco e dopo aver legato Rosso, riabbracciò mamma Scolorina, papà Penna e quel birbaccione di Pennarello.

Ora i colori erano felici e di nuovo liberi. Uscirono dall'Astuccio e colorarono le pagine intorno al castello, divertendosi come mai era accaduto prima.

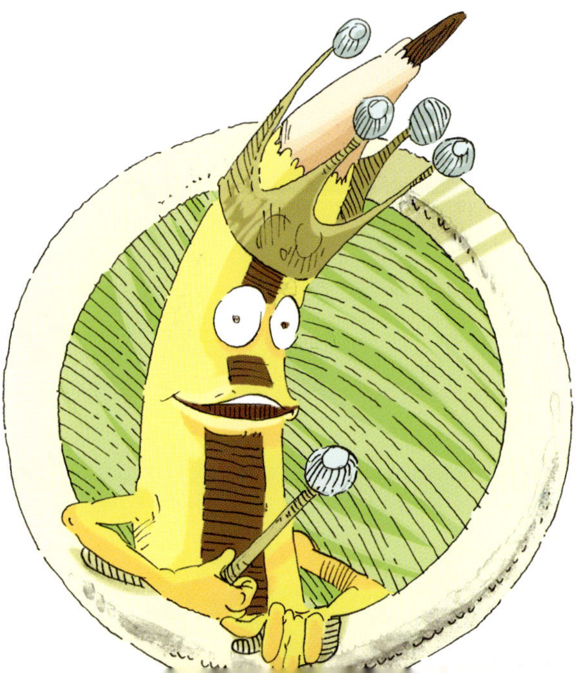

A quel punto, i Colori decisero tutti insieme che l'eroico Matita doveva essere il nuovo RE di tutte le pagine bianche, di tutti gli astucci, di tutti i quaderni e di tutti gli zaini.

Pennarello chiese scusa a Matita per non averlo considerato mai coraggioso, convinto com'era che si potesse combattere solo usando le armi.

Matita, diventato sovrano di tutti gli Zaini del mondo, dichiarò la pace tra i colori; inoltre nominò Temperino e Bianchetto cavalieri e dama di corte GommaMolla.

Ci fu una gran festa, alla quale parteciparono tutti i Colori a spirito, a pastello, a tempera, a cera, ad acquarello e persino un gruppo di piccole penne gel.

Pensate che fu invitata al ballo anche la **penna rossa** della Maestra.

Tutti uniti, Arancione, Giallo, Paglierino, Banana, Smeraldo, Bottiglia, Blu Cielo, Azzurro, Notte, Orizzonte, Cobalto, Violetto, Nero, Rosa e Bianco, risplendevano in mille sfumature.

Matita decise di aprire per sempre l'Astuccio a tutti i colori e scrisse sul muro a quadretti del Castello:

e vissero felici e contenti.

Il negozio di giocattoli

Primo classificato al concorso "Write & Sing 2009 - Narrativa per l'infanzia"

Autore: Riccardo Grifoni

IL NEGOZIO DI GIOCATTOLI

In città, il negozio più amato dai bambini era "da nonno Bruno", un simpatico vecchietto che da sempre vendeva giocattoli.

Bruno trascorreva le giornate dentro il suo mondo, ascoltando e dando consigli ai piccoli compratori.

Ogni sera abbassava la serranda della vetrina e, a questo punto, Gattone chiamava a raccolta tutti i suoi amichetti chiusi nelle scatole.

Pochi attimi e il negozio prendeva vita.

Si parte giocattoli!

Uscivano dalle scatole e si riunivano al centro della grande stanza, divertendosi a raccontare a turno la propria storia.

Ad organizzare tutto era sempre Gattone, il quale, a causa della sua mole, non entrava negli scaffali, veniva posizionato in vetrina per incuriosire i passanti e far entrare i bambini.

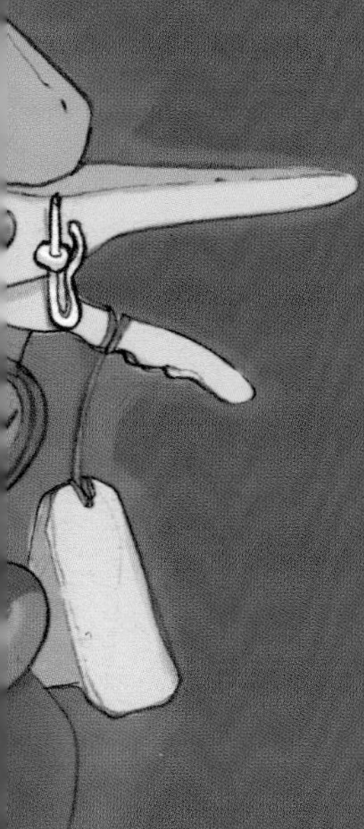

Gattone, col buio, appena nonno Bruno chiudeva la bottega, si arrampicava sugli scaffali e liberava dalle scatole tutti gli altri.

Poi, alle prime luci dell'alba, era sempre lui a rimettere tutto a posto, risistemando bambole, trenini, piccoli peluches, ruspe e tutto tornava ad essere noioso.

Gattone impiegava parecchio tempo a riorganizzare lo stanzone. Doveva rimettere il fiocco su alcune confezioni e richiudere le bustine di figurine. Poi togliere le pile per far riaddormentare alcuni dei suoi amici. Insomma era un impegno faticoso, ma ogni volta ne valeva la pena.

L'unico ad aiutarlo era l'Omino Pompiere che, prima dell'arrivo di nonno Bruno, si rimetteva seduto sopra l'estintore rosso, all'angolo del negozio.

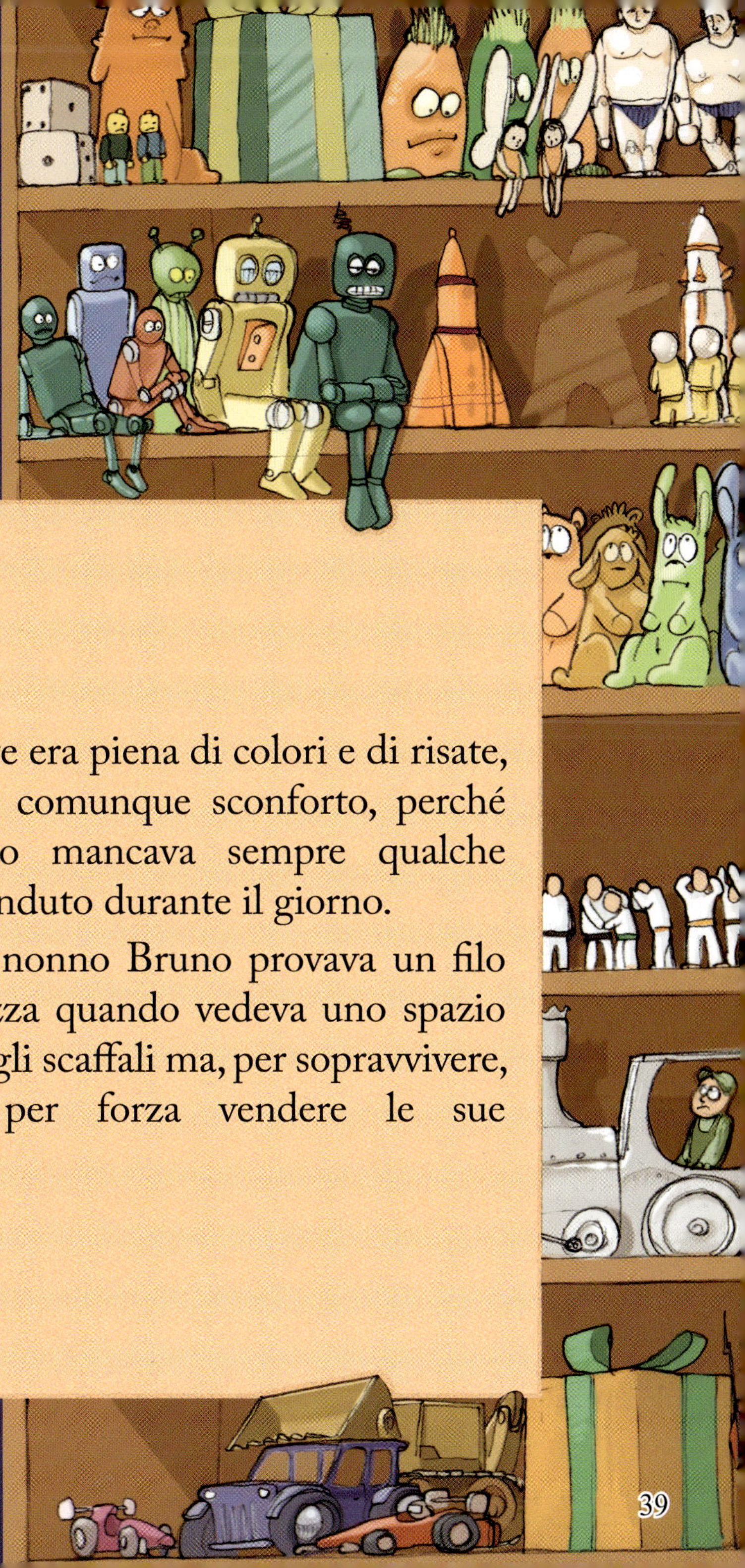

La notte era piena di colori e di risate, ma c'era comunque sconforto, perché all'appello mancava sempre qualche gioco, venduto durante il giorno.

Anche nonno Bruno provava un filo di tristezza quando vedeva uno spazio vuoto sugli scaffali ma, per sopravvivere, doveva per forza vendere le sue creature.

La notte però, tra i giochi, vinceva il sorriso e ogni volta si sceglieva un protagonista.

Gattone metteva le pile al Camioncino dei vigili del fuoco: ecco che scoppiava l'incendio. A quel punto Telefonino chiamava il numero di emergenza 115 e l'Omino Pompiere era pronto a intervenire. Il Camioncino rosso sfrecciava tra gli altri giocatoli, con il suo lampeggiante blu sopra la cabina.

Insomma, giochi per giocattoli.

Poi c'era la sera delle fatine Winx, che nell'aria compivano magie e acrobazie. Arrivavano poi i Gormiti. C'era spazio anche per Dragonball e tanti altri.

Ma le sere preferite erano quelle con Chitarra, Basso e Batteria, che organizzavano concerti. Il più buffo era proprio Gattone, che ballava con le sue grandi zampone. Ma tutti si divertivano, anche solo ad ascoltare.

Un giorno entrò in negozio una famiglia di turisti e uno dei bimbi scelse come regalo Gattone.

Nonno Bruno provò a dire che quel giocattolo non era in vendita, ma solo in esposizione.

Le urla e le lacrime del bambino convinsero l'anziano uomo a venderlo ma, dopo aver incassato i soldi, provò comunque una grande malinconia. Sperò che almeno Gattone non rappresentasse solo il desiderio di un bimbo capriccioso.

I turisti lasciarono anche la mancia e scrissero su un foglio l'indirizzo dove, dopo l'orario di chiusura del negozio, nonno Bruno avrebbe dovuto consegnare il pacco regalo.

Quella notte, senza di lui, sembrava non accadere nulla. Tutti i giochi restavano chiusi nelle scatole e nessuno si muoveva.

Poi finalmente l'Omino Pompiere prese coraggio e, dopo essere saltato in terra dall'estintore, si arrampicò sulla scaffalatura e diede vita a tutti i giochi. Ebbe qualche difficoltà, ma ricordando le mosse di Gattone, riuscì nel suo intento.

Ma erano tutti tristi, certi che nessun gioco avrebbe più rallegrato le loro notti, perché mancava il loro amico del cuore.

Così organizzarono un piano per riaverlo tra loro. Le Winx volarono sul bancone della cassa e lessero l'indirizzo dove era stato portato Gattone. Poi le sei fatine volarono in alto, alzando il portello nel soffitto e, grazie al loro aiuto, tutti i giocattoli si ritrovarono in strada.

Era buio, non erano abituati, ma tutti seguirono l'Omino Pompiere.

Giunti sotto l'albergo, decisero che dovevano essere proprio le Winx a volare sulle finestre e scoprire in quale stanza si trovasse Gattone.

Non era semplice e non potevano perdere tempo, così partirono alla ricerca anche i Power Rangers. Lo trovarono quasi subito al terzo piano dell'albergo.

Tornarono dai loro amici, raccontando di averlo visto avvolto nella plastica trasparente.

Non poteva muoversi e piangeva.

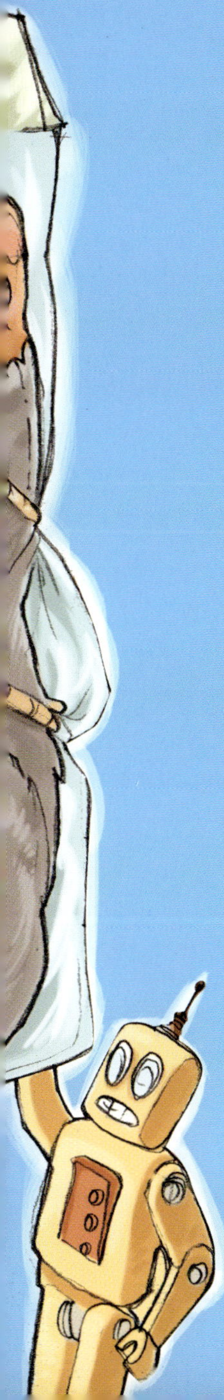

Decisero di portarlo via, ma Gattone era troppo grande e non ce l'avrebbero fatta. Così, anche l'Omino Pompiere si arrampicò fino al terzo piano. Con lui salì anche Orsetto e Scimmia, che lo aiutarono ad aprire la finestra.

Scimmia legò Corda nella ringhiera del balcone e riuscirono a portare giù Gattone, ancora impacchettato.

Lo liberarono da tutta quella plastica e, felici, tornarono al negozio.

Fu festa grande quella notte e all'alba Gattone non fece tornare nelle scatole i giochi. Lui si posizionò vicino all'ingresso, in modo che la rabbia di nonno Bruno si rivolgesse solo su di lui.

Ma la sorpresa fu grande quando l'anziano uomo alzò la serranda e, alla vista di Gattone, si fece scivolare una grossa lacrima sulla guancia.

Prese dal cassetto un foglio e un pennarello. Ci scrisse "CHIUSO" e tornato all'aperto riabbassò la serranda, appiccicandoci il cartello.

Si era reso conto che quelli non erano semplici giochi, ma erano la sua vita. Così gettò la chiave del negozio.

Si recò nell'albergo dove alloggiavano gli stranieri e lasciò i soldi al portiere, pregandolo di restituirli ai turisti.

Da quel momento, per tutti i giocattoli di nonno Bruno la notte divenne giorno e la luce dell'amicizia accompagnò per sempre la loro vita.

Per festeggiare e per ringraziare tutti i suoi amici, Gattone accese la Wii e sul grande schermo comparve SuperMario e così, continuarono i...

giochi di giocattoli.

Scarpetta

Autore: Domenico Di Cesare, Luna Grifoni

La fiaba "Scarpetta" è dedicata alle piccole danzatrici Lisa e in particolare Luna, che dall'età di 4 anni dice di voler diventare una ballerina e ogni tanto mi fa fare qualche passo di danza classica e... lascio immaginare cosa ne esce fuori...
Lisa frequenta la scuola di danza "Movimento In" mentre Luna frequenta la scuola di danza "I Cigni".

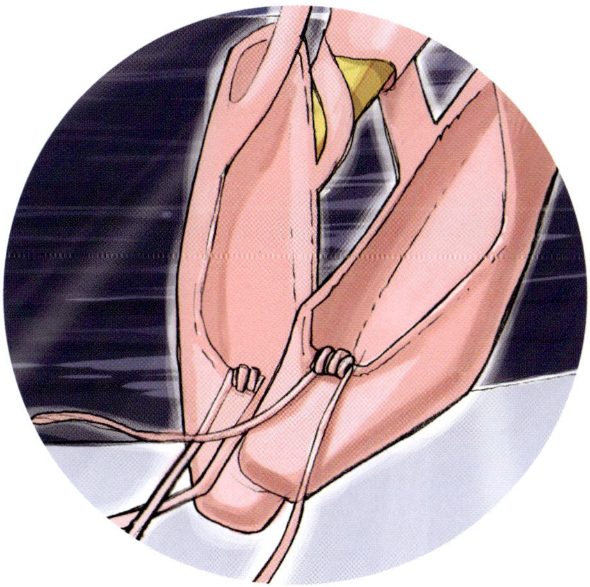

SCARPETTA

Gli abitanti dell'isola di Scarpetta vivevano solo di agricoltura.

Si volevano tutti bene ed erano talmente amici, che si scambiavano il raccolto della terra.

Vicino al mare c'erano pochi metri di spiaggia e, man mano che ci si allontanava dall'acqua, la vegetazione si faceva sempre più fitta.

Proprio al centro di Scarpetta sorgeva il villaggio, che aveva dato il nome all'isola. Qui il personaggio più importante era sicuramente Martellino, un anziano ometto che faceva il ciabattino. Questo perché i campi erano molto sassosi e i contadini avevano bisogno di calzature robuste e resistenti.

In mare infatti non ci andava più nessuno perché, chissà per quale mistero della natura, i pesci erano tutti spariti.

Nei campi si coltivavano soprattutto patate, ma anche pomodori, fagiolini, insalata e carote. C'era poi qualche pianta di noci, di arance e grande abbondanza di cocco.

Gli scarpettesi lavoravano dall'alba al tramonto e poi, stanchi, andavano a dormire al primo imbrunire.

Col sopraggiungere della notte l'isola prendeva nuova vita e nella piazza del villaggio, in gran segreto, si radunavano tutte le scarpe custodite nella bottega del calzolaio.

Eh sì, se era vero che uomini e donne indossavano sempre gli stessi scarponi, Martellino del suo mestiere ne faceva un'arte. Nei ritagli di tempo creava calzature raffinate, vere opere d'arte, che poi metteva in bella mostra negli scaffali del suo piccolo bazar.

Ce n'erano con i tacchi a spillo, ma anche stivali, babbucce, anfibi, sandali e mocassini. C'erano tutti i modelli possibili e i colori immaginabili e, con le tenebre, sfilavano all'unisono.

Dalla piazza, tutte in fila raggiungevano quel merletto di sabbia che incorniciava l'isola e si divertivano a prendersi gioco degli abitanti di Scarpetta, che potevano indossare solo pesanti scarponi. Ma soprattutto proclamavano la scarpa regina e le donavano una stella.

Tra le creazioni più curiose di Martellino c'era senz'altro Scarpetta, tanto bella da ricevere lo stesso nome dell'isola. Ma essa era l'unica a non poter uscire dalla bottega, perché aveva due lunghi lacci che la tenevano appesa ad un Chiodino.

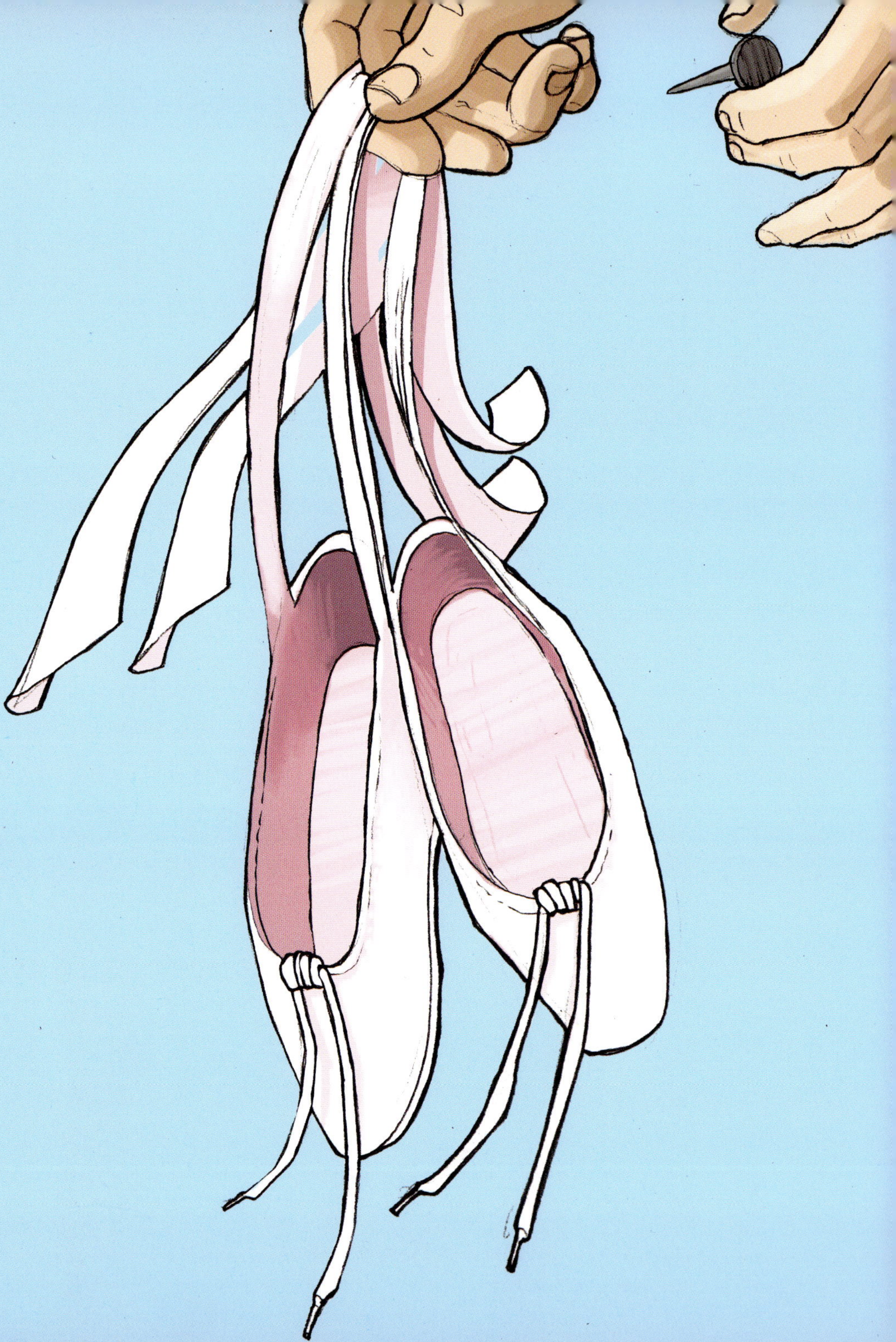

Scarpetta non riusciva proprio a liberarsi per saltare in terra e nessuna scarpa aveva mai provato ad aiutarla. Lei soffriva per la sua immobilità e, anche se la porta della bottega restava sempre aperta e poteva sbirciare fuori, questo non le bastava più. E poi ascoltava i racconti della spiaggia, delle stelle regalate e si sentiva morire di tristezza.

Con il sopraggiungere del giorno le scarpe tornavano sugli scaffali e andavano in letargo, restando esposte in bella mostra. Martellino le guardava così fiero da lavorare con sempre più passione.

Poi un giorno, per puro caso, il destino di Scarpetta cambiò. Mentre stava riparando uno scarpone, Martellino si accorse che non aveva più un chiodo e, guardandosi intorno vide i lacci di Scarpetta. La posò in terra e prese Chiodino.

Chiodino fece l'occhiolino a Scarpetta, felice di vederla finalmente libera.

Da quella sera, anch'essa poteva muoversi.

Purtroppo però le sue pene non erano finite e scoprì, a malincuore, che appena provava a muovere un passo inciampava sui lunghi lacci.

Tutte le scarpe ridevano e nessuna l'aiutava. Anzi, molte di loro sghignazzavano per la sua strana forma.

Mentre tutte in fila raggiungevano la piazza e poi la spiaggia, Scarpetta se ne restava immobile sull'uscio del bazar. Aveva paura di fare un passo falso e di non riuscire poi a tornate al suo posto: Martellino l'avrebbe scoperta e riappesa alla parete.

Timorosa, alcune notti non osò muoversi, ma poi prese coraggio e, a forza di capitomboli, capì finalmente che non doveva imitare le altre scarpe ma muoversi come solo lei poteva, saltellando sulla punta.

Le prime volte fu difficile e doloroso, ma la voglia di tuffarsi nel buio era tanta.

Si allenò ancora e finalmente arrivò la grande notte.

Come ogni sera, tutte le altre scarpe si precipitarono all'aperto e lei, in silenzio, le seguì fino alla spiaggia, per tornare poi sui suoi passi, senza farsi scoprire.

Aveva ancora timore di non essere accettata.

Una sera, trascorsa una settimana, decise di visitare il villaggio che aveva il suo stesso nome e finalmente trovò il coraggio per raggiungere la spiaggia.

Le scarpe erano tutte in fila, in attesa di eleggere la reginetta di turno e di darle in premio la stella più luminosa quando, d'improvviso, videro comparire Scarpetta in tutta la sua eleganza: il suo colore rosa riluceva.

Saltellava fiera sulla punta e dietro di sé i lunghi lacci le facevano da velo, rendendola bella come una sposa.

Furono solo pochi attimi di invidia, ma subito dopo tutte le scarpe cominciarono ad applaudirla.

Scarpetta restò senza fiato, sorpresa di tanta ammirazione e poche ore cancellarono mesi di indifferenza.

Prima dell'alba fu eletta nuova regina dell'isola e le scarpe, oltre alla stella decisero di premiarla con la cosa più bella che galleggiava nel cielo: **la luna.**

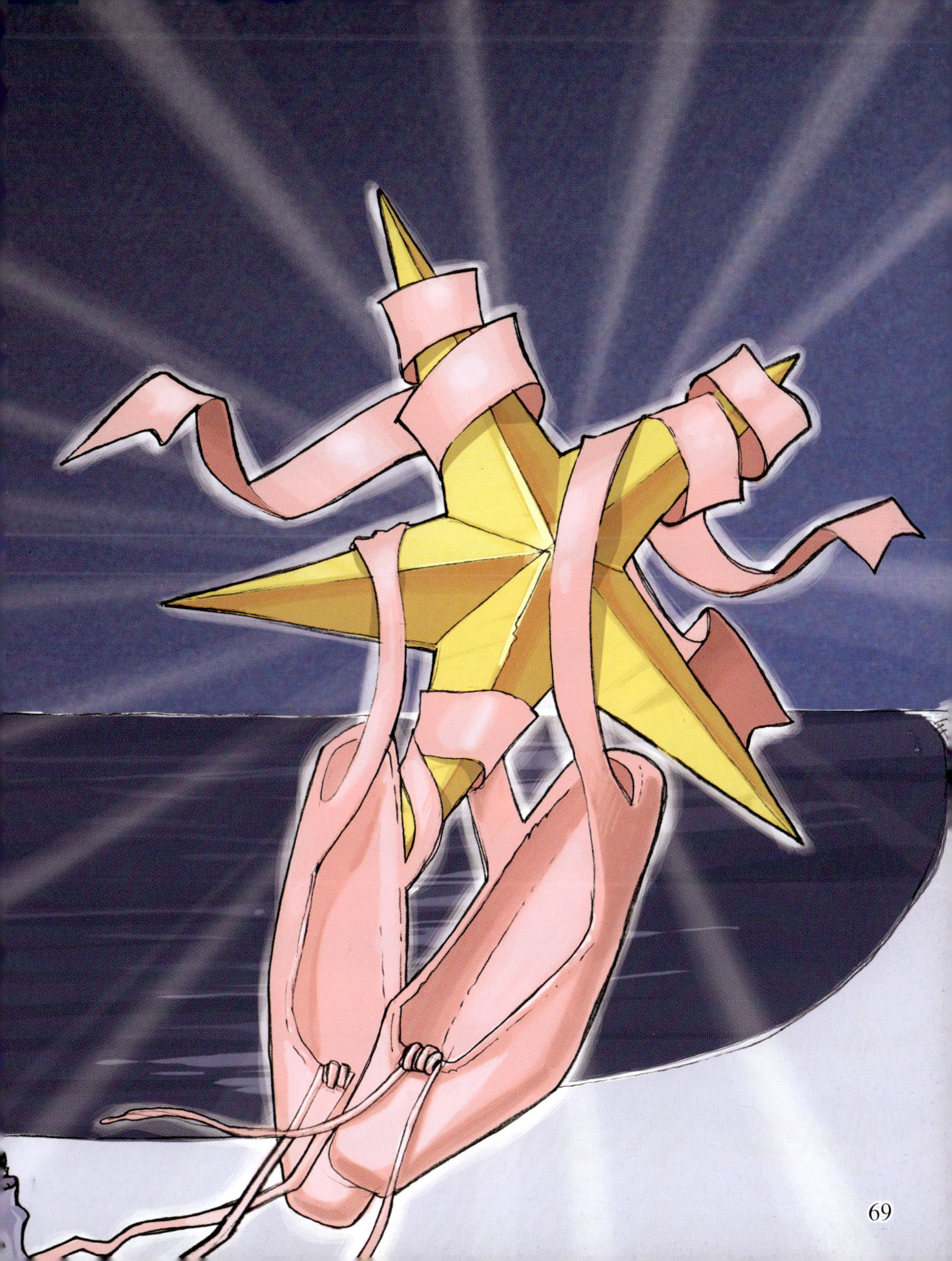

Da quel momento, tutte le scarpe la rispettarono, ben felici di avere tra loro la "ballerina Luna".

Al mattino Martellino notò che sul davanzale c'era la scarpa coi lunghi lacci e, con un sorriso la lasciò lì, libera, sulla punta.

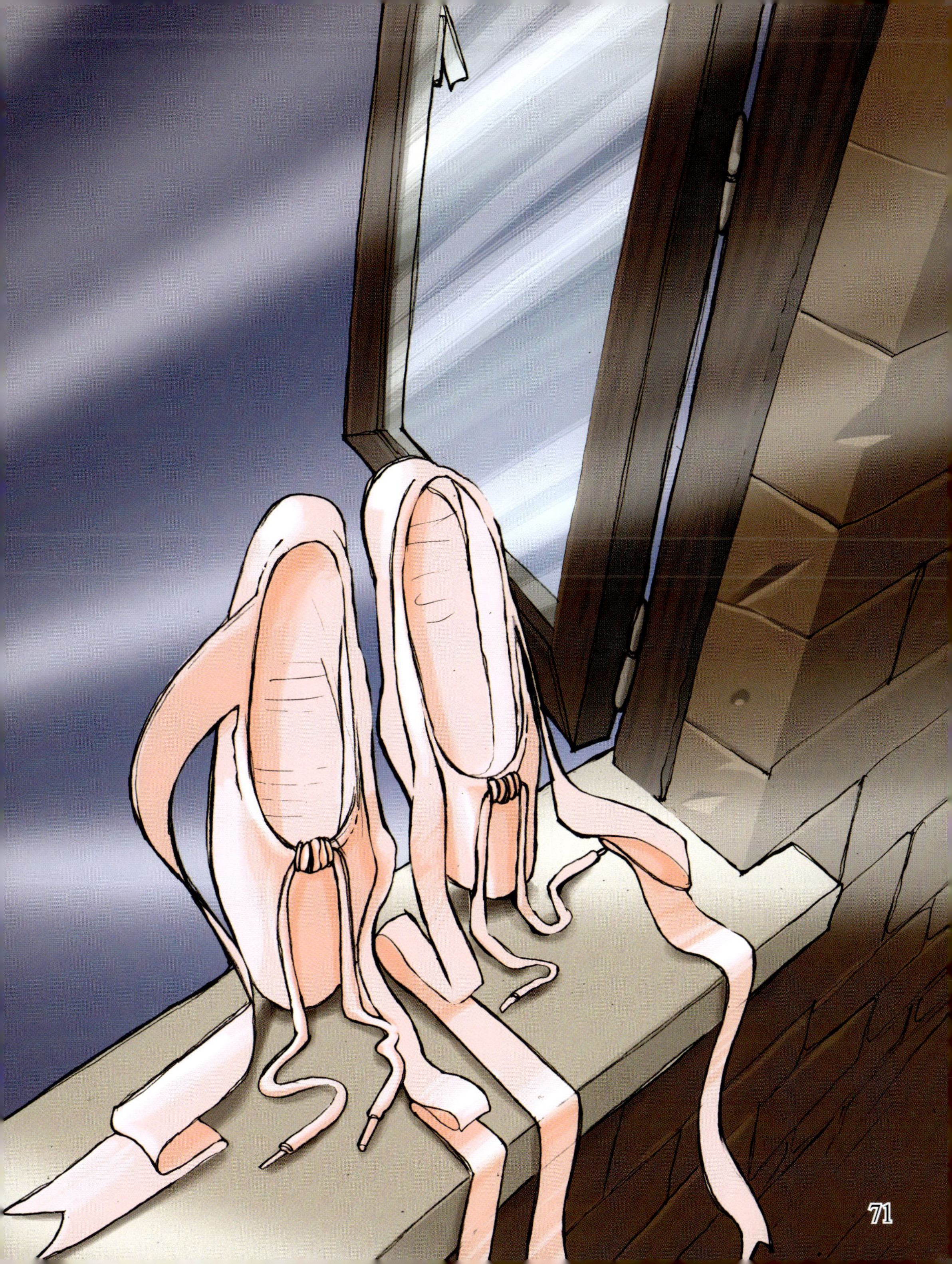

Schioma

Premio speciale della giuria al concorso "Write & Sing 2008"
Autori: Riccardo Grifoni, Alessandro Grifoni, Luna Grifoni, Lisa Di Cesare
Il nome del personaggio di questa fiaba è stato scelto da Alex Grifoni

SCHIOMA

Sui monti ci sono tanti alberi e tutti crescono dritti verso il cielo, proprio come gli uomini, con la differenza che le piante non si muovono, hanno le radici.

Un giorno, in città, qualcuno iniziò a raccontare la storia di un albero speciale, davvero speciale, che adesso racconteremo anche a voi.

C'era una volta un giovane albero, spoglio, che cresceva su un monte insieme ad altre piante.

In primavera tutti quegli alberi si vestivano di verde, mostrando le loro chiome.

Le foglie erano proprio belle: sotto il sole luccicavano, con la pioggia si lucidavano e con la tramontana si muovevano tutte insieme, come un grande ballo, al suono del vento.

L'albero spoglio non fioriva mai, in nessuna stagione dell'anno.

Per lui non c'era estate, non c'era inverno.

Non si vestiva in primavera non si spogliava in autunno.

Per questo motivo le altre piante lo prendevano in giro e così iniziarono a chiamarlo Schioma.

Schioma era circondato da alberi furfantelli e non aveva neanche un amico.

I contadini raccoglievano ogni anno le castagne, vendendole poi in città.

Il contadino proprietario di Schioma era il più povero perché dal suo albero non cadevano castagne e quei rami sempre spogli mettevano quasi paura.

Tutti dicevano che quella pianta era posseduta dal diavolo e consigliavano al contadino di tagliarla, piantandone un'altra al suo posto. Il tempo passava lento, ma Schioma restava lì, perché il contadino aveva deciso: "se è destino che quell'albero non mi dia da mangiare, quei rami devono seccarsi da soli; a quel punto lo taglierò e con la legna mi scalderò durante il freddo inverno".

Gli altri alberi erano sempre più uniti e continuavano a non parlare con Schioma, sostenendo che fosse un buono a nulla.

Lui non si difendeva, non diceva mai niente, anche perché era un timidone.

Trascorsero tre lunghi anni e finalmente avvenne un fatto straordinario.

Erano mesi che non pioveva e gli alberi erano assetati.

In estate le foglie cominciarono ad ammalarsi e i contadini, per non perdere il raccolto, ogni mattino si recavano dalla propria pianta, annaffiandone le radici con secchi pieni di acqua.

Il cielo era sempre sereno e una sola nuvola pazzerella percorreva l'aria, quasi a voler prendere in giro tutti quanti.

La nuvola, dopo aver viaggiato sulla montagna, una notte decise di svuotarsi e tutta felice si strizzò su Schioma.

Le radici di Schioma, anch'esse assetate, con gioia bevvero quell'acqua.

Da quel giorno, Schioma cominciò a tossire, perché da tempo non era abituato a bagnarsi.

Ma il raffreddore durò poco; quella nuvola era forse una fata e quella pioggia una magia.

Con l'autunno tutti i ricci caddero dagli alberi senza neanche una castagna.

Ogni contadino si lamentò dicendo che un altro anno così li avrebbe rovinati per sempre.

L'inverno non fu molto freddo e a primavera gli alberi tornarono a coprirsi di verde.

La vera sorpresa fu che per la prima volta anche Schioma si vestì, ma le sue foglie erano rossicce, come a mostrare la sua timidezza.

Anche i contadini ridevano di questa novità e dicevano che forse a Schioma era andata di traverso l'ultima nevicata.

Schioma non era più lo stesso e la notte, di nascosto, tirava le radici fuori dalla terra e andava a passeggiare sui monti vicini. Conobbe molte piante, non solo castagni, e fece amicizia con tutte loro.

Al mattino presto tornava sul monte e si rimetteva al suo posto, in silenzio.

Quel lungo vagabondare, notte dopo notte, gli restituì la voglia di vivere: era giunto il momento di dare una lezione a quegli alberi così antipatici.

Per far loro dispetto, sfruttando il potere dell'acqua ricevuta l'anno precedente dalla fata nuvola, decise di agire: i suoi rami, come tante bacchette magiche, cominciarono a riempirsi di frutti.

In un ramo c'erano ricci con castagne, in un altro arance, in un altro ancora pere, banane, pesche, albicocche e mele.

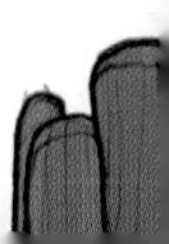

Tutti gli alberi restarono senza parole, gelosi di tanta bellezza.

Gli uccellini da quel giorno iniziarono a posarsi solo su Schioma.

Il contadino fu felice di vedere il suo albero pieno di colori.

Gli altri castagni della collina continuarono a non parlargli perché invidiosi.

Le maestre portavano tutti i giorni i bambini da quell'albero così simpatico e Fata Nuvola, sorridendo, li guardava giocare tutti insieme intorno a Schioma, che diventò il loro amico del cuore.

Regina

Autore: Domenico Di Cesare

REGINA

il fiore di vetro

Leda racconta:

L'ANIMA IN UNA SCATOLA

Viviamo un'esistenza scolorita e, anche se facciamo del male alle persone che amiamo o a noi stessi, le cose che più ci importano sono il giudizio e le chiacchiere della gente.

La scatola quando nasce è trasparente e si chiama vita.

La scatola quando cresce diventa nera e si chiama apparenza.

Dal nostro primo respiro, custodiamo dentro di noi una piccola scatola trasparente: l'anima.

Cresce insieme a noi e giorno dopo giorno la riempiamo di emozioni, sensazioni, esperienze. Si colora di vita.

Quando siamo adulti la dipingiamo di "nero" e non facciamo più vedere agli altri cosa c'è dentro. Spesso neghiamo a noi stessi i segreti che cela.

«Io sono riuscita a vedere cosa c'è nella mia anima. È la scatola che mi ha regalato Regina nel sogno, con quel piccolo seme rosso che sarà sempre custodito in un involucro trasparente, perché nessuno potrà dipingere la mia scatola di nero».

... la fantasia
è uno splendido gioco di immagini
che, a volte, sa renderci grandi...

Le ore passavano lente nella piccola comunità di Imperatriz, in Brasile, nello stato di Manhao. Piccole case costruite con lamiere facevano da cornice alla prima miniera del posto, nella quale si estraeva un metallo molto pregiato, esportato in Europa.

Qui, in Sud America, lavorava da alcuni anni Marco Monti, il responsabile della fabbrica.

Il signor Marco si era trasferito in questo luogo dimenticato, distante anni luce dalla realtà italiana.

Il signor Monti aveva una figlia di undici anni di nome Leda, che trascorreva i tre mesi delle vacanze estive con il padre, mentre nel periodo invernale tornava in Italia con la madre, per frequentare la scuola.

Leda, sin dalla nascita, ogni inizio estate si trasferiva nel territorio di Manhao ed era felice di ritrovarsi con i bambini del posto e di portare loro numerosi giocattoli in regalo.

Qui, in particolare, aveva una simpatica amichetta di tredici anni, di nome Regina.

La casa di Regina era una delle tante baracche di periferia: le favelas.

La loro era un'amicizia sana e passavano molto tempo insieme a giocare.

Regina viveva di stenti. La madre non possedeva nulla e il padre lavorava nella miniera. Il suo stipendio bastava appena per sfamare la famiglia.

Anche lì i padroni si arricchivano sempre più, mentre i poveri erano sempre più poveri.

Oltre a queste difficoltà, la bambina brasiliana aveva anche un grave problema ad una gamba. Poteva muoversi solo con l'aiuto di un vecchio bastone, unico compagno a sorreggere i suoi rari passi.

Giunta nel villaggio di Imperatriz, oltre ai giocattoli Leda portò con sé un bellissimo regalo per Regina.

Saltò fuori dalla Jeep e prese con sé due scatole. Corse lesta verso l'abitazione del papà, dove era certa di trovare la sua amica ad aspettarla.

Abbracciò Regina e le disse:

«Questi pacchetti sono per te».

Il primo conteneva una stupenda bambola bionda, Barbie, con un corredo di abitini colorati.

Affascinata dalla bellezza della bambola, Regina con emozione cominciò ad aprire l'altro regalo.

Erano due stampelle unite con un fiocco rosso.

Commossa, Regina si lasciò cadere a terra, piangendo.

Erano lacrime di felicità e tra un singhiozzo e l'altro riuscì a dire:

«sei molto sensibile amica mia; anche se non ho nulla da offrire in cambio, ti ringrazio di pensare sempre a me. Quando non ci sei, passo le giornate a sognare il tuo arrivo, respirando questa arida terra che non offre nulla, neppure con un po' d'immaginazione».

Leda non sapeva cosa rispondere e provò a consolarla dicendole:

«tu, Regina, mi racconti sempre dei tuoi piccoli vasi pieni di bei fiori, e questa è una cosa bellissima».

Regina rispose sconsolata:

«mi piacciono i fiori perché, come me, hanno le radici e non possono correre. Ma non parlano ed io mi sento sempre tanto sola».

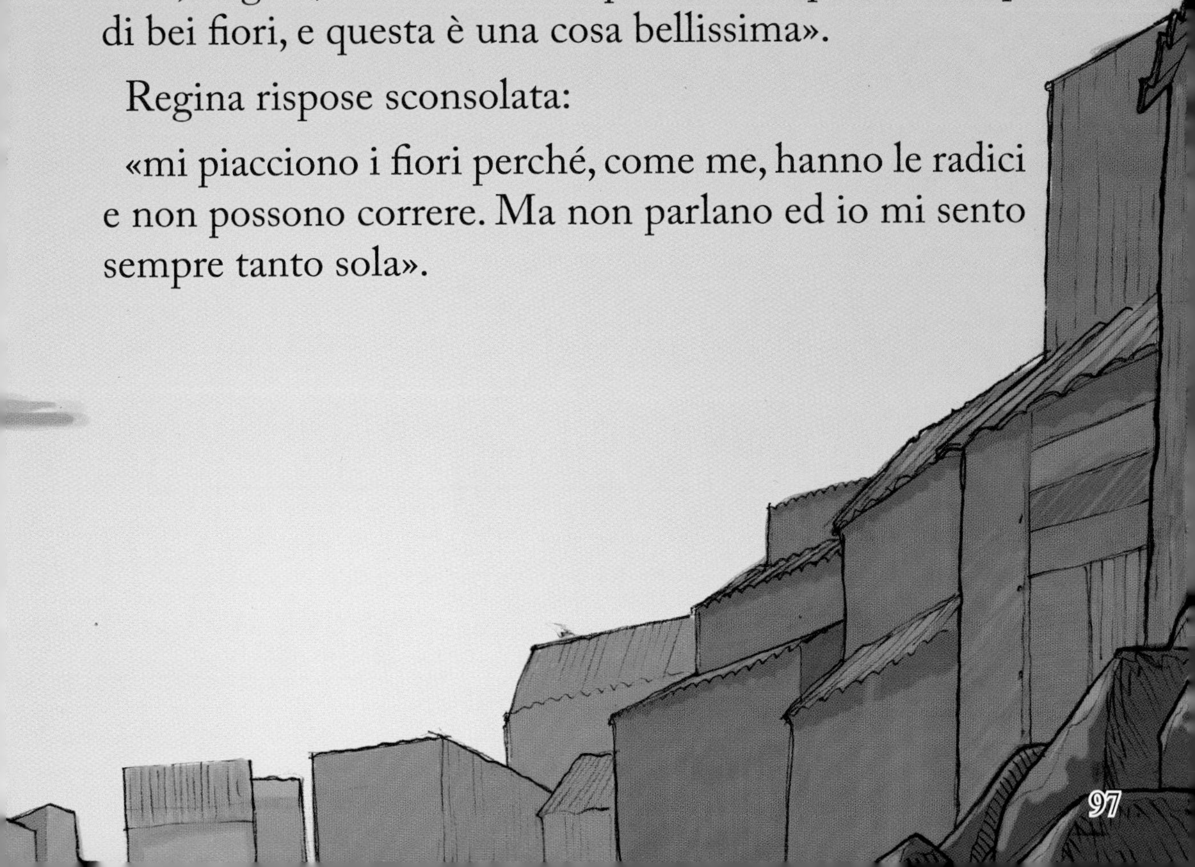

Leda insisteva:

«anch'io, in Italia, passo molto tempo a curare i fiori del mio giardino e ho imparato che la natura è un rifugio. Anche se hanno radici, i fiori possono emozionare: se lo vuoi, potrai riuscire ad essere loro amica, senza bisogno di parole».

In quel momento di sconforto, per Regina le parole di Leda non avevano alcun senso, ma le promise che avrebbe provato a seguire il suo consiglio: avrebbe parlato ai fiori.

Anche i genitori di Leda erano molto affettuosi con Regina e spesso andavano a prenderla per farle visitare la città.

Il signor Monti era orgoglioso di sua figlia, perché libera da pregiudizi, era l'unica ad avere un'amicizia a Imperatriz.

Molti europei infatti nemmeno si accorgevano dei bambini come Regina, poveri e con un colore di pelle diverso. Per loro erano tutti bimbi di strada: meninos de rua.

Le due amiche di giorno facevano brevi passeggiate e a volte, giocando, Regina provava a correre con le stampelle.

Spesso cadeva e le due bimbe ridevano divertite, canzonandosi a vicenda.

Arrivò il sei settembre, la vigilia dell'addio. Una partenza più triste del solito perché il signor Monti sarebbe tornato a lavorare in Italia e le due amiche non si sarebbero più riviste.

L'indomani sarebbe stato il giorno dei saluti e quella sera, nella piccola colonia, ci fu una festa di congedo.

Negli occhi delle due amiche c'era solo sconforto.

Erano circa le nove del mattino e tutto era pronto.

Le due amiche si abbracciarono e piansero, strette una all'altra.

Regina aveva in mano un sacchetto di juta, chiuso con un fiocco rosso. Lo stesso nastro che, pochi mesi prima, legava le stampelle. Aveva con sé anche una busta di carta, che diede a Leda: «troverai qui dentro una cosa che per me ha un grande valore. Ti chiedo di aprire questa busta quando sarai in Italia. Solo allora potrai leggere la mia lettera».

Leda mise tutto dentro lo zaino e promise.

Le jeep, in fila indiana, si mossero per raggiungere l'aeroporto.

Leda teneva in mano un fazzoletto bianco e man mano che si allontanava lo agitava sempre più freneticamente.

Anche Regina era triste e con lo sguardo continuava a seguire la lunga carovana. Ormai si vedeva solo una nuvola di sabbia e lei guardò fino a quando la danza di quella polvere terminò, tornando ad essere terra.

Così, con l'aiuto delle stampelle, si decise a tornare nella favela.

Giunta in Italia, la prima cosa che fece Leda fu quella di aprire la busta e leggere la lettera

Querida Leda, ti voglio tanto bene e ti ringrazio per essermi stata così vicina; so che non mi dimenticherai mai e neanche io lo farò.

Per me sarai sempre presente: con Barbie, con le tue parole e con il tuo sorriso.

Dentro il sacchetto di juta troverai una scatolina; contiene un seme, che dovrai piantare nel tuo giardino.

Devi annaffiarlo tutte le sere e in primavera avrai una sorpresa.

Sarà il nostro fiore. Un fiore senza radici, che saprà esserti amico; un fiore con il quale, come mi hai insegnato tu, potrai parlare.

Ti voglio tanto bene
um grande abraço

Regina

Leda aprì il sacchetto e prese la scatola trasparente con il seme, di colore rosso, grande come un chicco di grano.

Andò subito dal padre e si fece aiutare a seminarlo.

Tutti i giorni Leda e papà Marco si preoccupavano di annaffiarlo e cresceva la speranza di veder qualcosa spuntare dal terreno.

Un mattino di marzo si affacciò al sole un piccolo germoglio e la giovane Leda urlò felice:

«papà, papà, guarda sta nascendo il fiorellino di Regina».

Marco andò a controllare e strinse forte a sé Leda:

«sono felice bambina mia, è incredibile, questo piccolo germoglio è di vetro. Fra un paio di mesi nel giardino ci sarà un fiore meraviglioso».

Nelle giornate piovose, l'acqua scivolava veloce sul fiore. Se c'era il sole, risplendeva di mille sfumature colorate. Se c'era il vento non si piegava come gli altri fiori: emergeva maestoso nel soffice prato del giardino.

Era tutto come aveva previsto Regina.

Leda diventò amica del fiore di vetro, ormai sbocciato in tutto il suo splendore.

Un pomeriggio, mentre giocava in giardino, Leda chiese al fiore informazioni sulla sua amica lontana. Quello rispose:

«la tua amica Regina è felice e sta benissimo. Regina ti vuole bene perché ti occupi di lei. È orgogliosa di te».

Il fiore di vetro chinò leggermente la testa, aprendo i suoi petali e aggiunse:

«la tua amica Regina non ha più radici; la tua amica Regina sono io!».

Leda cadde sulle ginocchia e con voce rotta dall'emozione, mentre accarezzava il fiore, disse:

«questo è il regalo più bello che la vita potesse farmi. Ti voglio tanto bene! Grazie ancora e non ti lascerò mai più, amica mia!».

I genitori erano felici di vedere questa grande amicizia che continuava nel tempo e spesso si fermavano a osservare la loro bambina e il fiore che, insieme, ridevano nel giardino.

Quel fiore aveva un cuore e ormai si mostrava in tutta la sua bellezza. Era diventato parte della famiglia e, tutti insieme, vivevano felici questo legame.

Un sabato mattina il padre di Leda si mise a tagliare l'erba del prato.

Dove passava il tosaerba, il prato si trasformava in un morbido tappeto verde ma, in un attimo di distrazione, Marco sentì un forte rumore. Le taglienti lame avevano colpito il fiore, frantumandolo.

Le schegge di vetro erano ancora in aria, quando il signor Monti urlò la sua disperazione.

Raccolse sul palmo della mano tutti i pezzi di vetro e mentre li guardava, fu come accecato da un bagliore. I cristalli si unirono tra loro in un unico corpo, trasformandosi in un uccello.

Quando Marco si riebbe dallo spavento, l'airone sparì dalla sua mano e si alzò in volo.

Ora Regina volava libera nel cielo.

Si andò a posare vicino alla sua amica e iniziò a chiamarla, mentre con un'ala le dava dei colpi sulla spalla…

«Leda, Leda, Leda».

Leda si stropicciò gli occhi, finché riuscì a riconoscere la figura del padre che le dava dei piccoli colpi sulla spalla per svegliarla...

«Leda, Leda, ehi Leda,

dai alzati, devi andare a scuola!».

Leda si alzò dal letto e andò in bagno a lavarsi…

Il sogno è finito.

Ringraziamenti

Sono molte le persone che dovrei citare, ma mi limito all'essenziale, anche per non togliere troppo spazio ai bambini, che restano i veri protagonisti.

È giusto cominciare con Giorgio Giorgioni e Regina Dos Santos e loro sanno il perché.

Un ringraziamento a Marco e Antonietta, sempre disponibili. Lo stesso dicasi per le persone che mi leggono e continuano a darmi i giusti suggerimenti e io le apprezzo perché sono persone vere: Chiara Del Soldato, Lidia Staffieri, Paola Pifani ed Eleonora Torda.

Non posso certo dimenticare l'illustratore di questo volume, Giordano Piselli, per me davvero un maestro e un artista magnifico.

Ci tengo a citare anche altre brave illustratrici che hanno collaborato con me in altri lavori: Clizia Brucchietti, Arianna Pesoli e Ursula Giagnoli.

Il GRAZIE più grande va chiaramente a Lisa, Alessandro e Luna, e in particolare a Riccardo che ha da raccontare un mondo meraviglioso e pieno di colori che spero resti sempre dentro di lui. All'inizio del volume c'è una sua poesia scritta a 8 anni, che mi ha dedicato… grazie per sempre Principe.

Ziogò